U0058798

相見恨晚

765334、曼殊、葉櫻 合著

天空數位圖書出版

目錄

相見恨晚

作者：765334

第一章　流產

「我就說了，就是她有問題，花了那麼多錢，結果讓我空歡喜一場！」

急診室的機器吵雜聲，蓋不過婦人的抱怨聲。

「媽，對不起，我，都是我不好。」凌瑄雙手緊抓著身上的棉被，一股寒意，從身體冷進了心裡。

婦人不屑的看了凌瑄一眼後，冷冷的說：「算了算了，弟弟阿，你看看怎麼處理她。」

楊士傑站在一旁，眼神飄移，不敢開口。

婦人一秒鐘都不肯等待，不耐煩的說：「好！你不敢說，我就幫你決定！」

這句話，讓凌瑄的眉頭，皺的更緊了。

「這樣吧，我看妳還是暫時不要住在家裡，免得讓士傑沾了晦氣。」

凌瑄的眼淚，跟著她的一字一句，一顆顆的滾落。

凌瑄的婆婆，是上流社會裡，眾所皆知的貴婦人楊太太。

楊太太之所以會那麼出名，正是因為她為人之尖酸刻薄。

「媽⋯⋯」楊士傑終於出聲，卻馬上就被打斷：「欸，我這樣已經對她很仁慈了，我都沒跟她算，做試管嬰兒讓我們家花的錢耶！」

比起流產的腹部劇烈疼痛，凌瑄覺得，她的心更痛，無助的望向自己的老公，希望他能為自己說句話。

楊士傑感受到她的視線，不情願的向他母親求情：「媽，瑄瑄今天會這樣，也都是因為我，我⋯⋯」

他的話，再次被打斷：「好了！你聽聽看自己在說什麼！男人在外面交際應酬，難免跟別人親近一點，這有什麼好計較的呢！」

凌瑄的頭，低的不能再低了。

如果，她沒有看到楊士傑跟別的女生進出汽車旅館的照片。

現在的她，一樣是平靜的在家裡安胎，而不是氣到流產，被送進急診室。

孤立無援的凌瑄，此時就像是掉進了踩不到底的黑洞，沒有人可以求救，也沒有人會來救她。

她知道，她只能被動的接受所有安排。

在楊士傑不甘願的求情之下，楊太太勉強答應，讓出郊區的一間別墅給凌瑄住。

美其名是休養，事實上，就是把凌瑄逐出家門。

但是，附帶條件是，凌瑄不准跟楊士傑離婚。

「我現在還要想辦法去告訴別人，我的金孫沒了！你們要是再給我說要離婚，我這個臉要往哪裡擺！」

凌瑄唯唯諾諾的說：「好，我知道了，謝謝媽。」

孑然一身，什麼都沒有的凌瑄，只能答應。

楊太太離開之後，楊士傑不停的看向手錶的時間：「我會叫司機送妳過去，妳，妳，到那裡就好好休息。」

凌瑄紅著眼眶，努力擠出一點笑臉的說：「如果你還有事，就先去忙吧。」

語畢，楊士傑立刻向凌瑄道別，轉身離開。

這一天，異常的漫長。

夜深人靜的病房裡，凌瑄的眼淚，不流了。

她用空洞的眼神望著天花板，心已經痛到無法用言語形容。

這三年來，為了生一個孩子，各式各樣奇奇怪怪的偏方，她都試了。

好不容易，她終於，成功了。

但是，天不從人願。

懷孕的喜悅，卻只陪伴她三個多月。

壟罩在黑夜裡，凌瑄對著空氣說：「寶寶，媽媽等你回來。」
馬上，熱淚就從她的眼角滲出。

第二章　打算

離開醫院的楊士傑，馬不停蹄的趕去跟紅粉知己 Cindy 幽會。

「媽的，我真不知道是倒了什麼楣！還要為了她被我媽罵個臭頭！」

楊士傑將杯中的酒，一飲而盡後再說：「寶貝阿，我要資助妳開店的事，要再等等我喔。」

「好，我等你。」

Cindy 甜甜的香水味，流竄進了楊士傑的嗅覺，讓楊士傑撲向了她：「欸，如果妳被我搞懷孕了，這樣，我媽不開心死了！」

「你在說什麼阿！討厭啦！」這樣嬌嗔的抱怨，使得楊士傑心花怒放，開心不已。

兩個人就這樣卿卿我我，好不歡愉。

在醫院待了一個禮拜，凌瑄終於出院了。

這一個禮拜，楊士傑沒有出現在病房，只有簡訊問候。

凌瑄相信他是因為工作忙，無法來探病，她不怪他。

來到楊家為自己準備的房子，凌瑄放下手邊不多的行李，打開窗戶，清新的空氣撲鼻而來。

深呼吸一口氣，她感覺頭腦變得清晰了些。

這些日子的折磨，讓凌瑄身心俱疲。

終於，她能夠好好的休息了。

凌瑄現在有傭人侍候，還有司機可以使喚。

這樣的生活，不算太差。

基於夫妻情分，也算是表達自己的歉意，楊士傑是沒有虧待她，至少讓她，衣食無虞。

但是，以她對楊士傑的了解，只要楊太太一個不開心，楊士傑會立刻斷了她的金援。

這樣寄生在他人之下，不是長久之計。

打開許久未碰的電腦，凌瑄開始，為自己的生活做打算。

昏暗的空間，閃爍的燈光。

酒酣耳熱的氣氛，讓 DJ 的音樂不間斷。

諾大的私人招待會所，男男女女開心的飲酒作樂。

富二代的生日派對，紙醉金迷，奢華無度。

「欸，聽說妳最近跟楊家的少爺走的挺近的？」

挪揄的歡笑聲中，面容姣好、身材曼妙的 Cindy，緊盯著盛子豪，對於朋友的提問，笑而不答。

「對他有興趣？別傻了，那可是盛家的傲氣公子，不論誰他都看不上眼。」

在一言一語中，盛子豪已經走到了 Cindy 旁邊。

「你好，我是 Cindy。」

盛子豪用眼尾的餘光看了她一眼，不做出任何回應。

「就跟妳說了，幹嘛自討沒趣。」

Cindy 吃了閉門羹之後，忿忿然的轉向朋友開始聊天：「楊士傑就是個媽寶，但是口袋挺深的。」

「聽說他老婆最近流產了？」

Cindy 一副無辜的說：「還不就是看到我跟楊士傑的照片，氣到流產。」

「哇！太可憐了吧！」

「哎呀，那個凌瑄就是個傻逼，怎麼會搞成這樣了還不離婚？真不懂她在想什麼？」

「幹嘛？妳想趁虛而入阿？」

Cindy 揚起一邊的嘴角：「就算凌瑄肯放手，但就怕楊士傑沒那個膽。」語畢，在 Cindy 背後的盛子豪立即轉身，走到她面前：「妳剛剛說，誰？」

Cindy 被這突如其來的問題嚇的一愣一愣的，不知道要回答什麼。

下一秒，盛子豪直逼她的雙眼，用銳利的眼神，嚴肅的問：「妳剛剛說，誰？」

第三章　特助

凌瑄用滑鼠上上下下的滾動網頁，看著人力銀行網站琳瑯滿目的工作，她不知道要從何處下手。

離開職場三年多，加上婚後跟朋友也幾乎都斷了聯繫，沒有人可以幫忙牽線，現在要重新找工作的凌瑄，竟然感到有些慌張。

一籌莫展的凌瑄，聽到手機響起，一看，是個陌生的電話號碼。

「您好，請問是凌瑄小姐嗎？」

「我是。」

「凌小姐您好，這裡是盛氏企業，我們在人力銀行看到您的履歷，對您的資歷很感興趣，請問您可以明天開始上班嗎？」

這通電話來的太過於突然，凌瑄摸不著頭緒，也措手不及：「明天？開始上班？」

「是的。」

凌瑄懷疑自己是不是聽錯，再次向電話那頭的人確認，的確是明天開始上班沒錯。

「不用面試？」

「是的，不用面試。」

「那工作內容是？」

「總裁的特助。」

雖然感到有些詭異，但是盛氏企業可是國內鼎鼎有名的大企業，應該不會造假。

抱著姑且一試的心態，凌瑄接下了這份工作。

隔天，凌瑄起了個大早，比預定時間還早抵達盛氏企業。

在踏進公司之前，凌瑄抬頭仰望磅礡大氣的大樓門口，為自己信心打氣之後，她抬頭挺胸，走了進去。

楊士傑穿的西裝筆挺，畢恭畢敬的吃著早餐。

在刀叉的碰撞聲中，楊太太開口了：「她，還好嗎？」

「很好，謝謝媽的安排。」

接著，一旁的傭人突然拿出了一個大信封，放在楊士傑面前。

一時還反映不過來的楊士傑，支支吾吾的說：「這，這是什麼？」

楊太太用眼神示意他打開，不需多言。

用力拆開信封，裡頭掉出了好幾張照片。

不用張大眼睛，就能清楚的看到，照片上的人物，正是楊士傑與他的紅粉知己 Cindy。

「媽，妳，妳這，這，這是怎麼回事？」楊士傑驚訝到，連一句話都無法完整表達。

楊太太已經用餐完畢，她用餐巾輕輕的擦拭嘴角之後，示意傭人將她面前的餐具收拾乾淨。

「聽說，你要資助她開店？」

「我，我……」

這下子，楊士傑不知道是要否認，還是承認。

因為，他確實答應 Cindy 要幫她開髮廊，只是，還沒實現。

「這件事，其實我早就已經聽說了。」

母親的字字進逼，讓楊士傑再次語塞。

「如果她安分守己，我也就算了，但現今她開始搞小動作，我不能坐視不管。」

楊士傑連忙點頭：「是，媽，我知道了，但是 Cindy 不會這樣的，媽，我會……」

不讓楊士傑把話說完，她直接阻止他：「你以為，是誰把你們的照片傳給凌瑄的？」

這句話，讓楊士傑瞬間傻住了。

經由她母親的解說，楊士傑才知道，原來是 Cindy 找人偷拍，希望藉此扶正自己的地位。

殊不知，卻陰錯陽差害凌瑄流產，還間接影響到楊士傑對她的金援。

於是，她只好再將照片寄給楊太太，想趁機向她勒索。

第四章　報到

坐在總裁辦公室外面的接待室，凌瑄總感到一股不自在。

因為，她真的沒有經過面試，直接就被帶到了總裁的辦公室。

這樣的反常，讓她好幾次都萌生偷跑的念頭。

但是，又無法抵抗好奇心作祟，最後決定留下來，看看到底會發生什麼事。

在接待室等了將近十分鐘，凌瑄聽見有腳步聲加速靠近。

「總裁，凌小姐已經到了。」

接著，一個渾厚的嗓音回應：「帶她進來。」

「是。」

清了清喉嚨，那渾厚的嗓音又說：「不，等等，我過去。」

凌瑄清楚的聽見自己的心跳聲。

撲通！撲通！

跳得好用力。

很快的，接待室的門被打開了。

凌瑄立刻起身，立正站好。

一身灰色的合身西裝，搭配著小麥色的肌膚。

人高馬大的魁武身材，撐起了西裝的筆挺線條。

往後梳理的黑髮，更能看出他的濃眉大眼。

不算太濃厚的古龍水香水味，飄進了凌瑄的鼻尖。

開門的瞬間，盛子豪說：「好久不見。」

他的帥氣，讓凌瑄竟然害羞了起來：「總裁，你，你好。」

「好久不見。」盛子豪再次重複。

「總裁你好，我叫凌瑄。」

凌瑄伸出手，要與盛子豪握手。

但是，她的頭，依舊看著地板，不敢直視他的雙眼。

「我說，好久不見。」這句話，終於讓凌瑄抬頭看他。

凌瑄側著頭，皺著眉，看向盛子豪。

她的疑惑，讓盛子豪伸出手指，輕輕的劃開她眉間的直線。

這個舉動，讓凌瑄瞬間清醒，嚇的後退了好幾步。

而凌瑄沒有注意到，自己身後有個大花盆，就這樣撞到了它，整個人往後傾倒。

這種失去重力的恐懼，讓凌瑄嚇出了聲：「啊！」

當凌瑄的驚叫聲一出，盛子豪的手已經穩穩的接住了她，兩個人的臉，只有一個拳頭的距離。

凌瑄慌張的想要起身，但是盛子豪卻用單手，緊緊的摟著她的腰，讓她無法逃脫。

這下子，凌瑄覺得自己是否就要遭遇不測，害怕與恐懼，通通寫在她的臉上。

看著凌瑄的不安，盛子豪竟然放聲大笑：「哈哈哈！」

他這一笑，讓凌瑄更加的感到莫名其妙。

她用力推開盛子豪，卻讓自己一個踉蹌，差點跌倒在地。

穩住自己的腳步之後，凌瑄整理一下自己的儀容，接著對盛子豪說：「總裁，我想我不適合這份工作，我現在就去人事室辭退。」說完，凌瑄頭低低的就往門口走去。

下一秒，盛子豪先是抓住了凌瑄的手臂，接著，緩緩的將她轉向自己。

「妳真的，不記得我了？」

盛子豪的眼裡，沒有平日的肅殺神情，而是滿滿的關愛之情。

凌瑄用力的想，眼前這個人，是誰？

「我是盛子豪。」

接著，凌瑄張大了眼睛，再用手搗住嘴巴，驚訝不已。

第五章　往事

「什麼？你說，瑄瑄去上班？」

楊士傑不可置信的看著凌瑄的傭人。

傭人點頭之後，楊士傑開始自言自語的說：「這，她，她幹嘛要這樣拋頭露面的去上班？」

楊士傑想了一會，繼續跟自己對話：「不行，這可不行，她不能這樣做。」

話音一落，傭人立刻接話：「少爺，其實讓太太有點事情做也好，何況在外認得她的人也不多，不影響的。」

其實，讓凌瑄有點事情做，她也不會來煩他，這下子，他也落得輕鬆。

要不然，老是夾在老媽子跟老婆之間，楊士傑這個夾心餅乾，當得是費心又費力。

「好，讓瑄瑄有點事情做也好，但是，記住，這件事，千萬不能讓我媽知道。」

傭人認真的點了點頭，答應楊士傑，絕對不會向楊太太透漏半句。

隔著諾大的辦公桌，凌瑄就坐在盛子豪對面。

「你什麼時候回來的？」

「去年。」

盛子豪的眼神，始終沒有從凌瑄身上離開過。

清了清喉嚨，凌瑄小心翼翼的說：「我，我結婚了。」

「我知道。」盛子豪的冷靜，讓凌瑄驚訝的看著他。

「我一直在找妳。」

凌瑄假裝沒聽見盛子豪說的話：「所以，我的工作，是你的特助嗎？」

「我終於，找到妳了。」

凌瑄開始翻閱盛子豪桌上的文件：「這些，是我需要熟悉的東西嗎？」

「這一次，我絕對不會放手。」

這樣的對話，讓凌瑄拿著包包，站起身：「盛總裁，我想我並不適合貴公司，謝謝您的抬舉，我先離開了。」

「當初為什麼不等我回來？」

這個問題，讓凌瑄停下了腳步。

但是，她並沒有回頭。

於是，盛子豪走到了凌瑄身後：「我知道妳現在過的並不快樂。」

「我現在過得如何，跟你有什麼關係？」

「當然有關係。」

凌瑄決定，不再跟盛子豪進行這樣無意義的對話。

但是她才挪動一步，盛子豪就搶先走到她面前：「我們可以回到從前。」

「盛先生，我現在是楊太太，請你自重。」

盛子豪再次擋住凌瑄的去路：「楊太太，那請問妳現在過的快樂嗎？」

凌瑄抬起頭，看著盛子豪，冷冷的說：「對，我現在過的並不快樂，然後呢？那又與你何干？」

「我可以幫妳。」

「幫我？你這樣是在幫我？」

一股委屈，從凌瑄的胃部開始發酵，直衝她的心窩。

但是，她強忍住苦楚，不讓自己的情緒表現出來。

而盛子豪，一眼就看穿她的難過與委屈。

這樣的凌瑄，讓他心疼不已。

於是，盛子豪往後退了好幾步，拉開自己與凌瑄的距離。

「對不起，是我踰矩了。」

在凌瑄開門離開之際，盛子豪說：「那，我調妳去設計部門好嗎？我相信妳可以在那裡大顯身手。」

這個誘因，讓凌瑄停止開門的動作，緩緩地轉頭看向盛子豪。

眼前的男人，經過這麼久，並沒有忘記她的一切。

他的體貼，還是跟他們年輕時相戀一樣，那麼溫暖。

第六章　早餐

第二天，凌瑄一早上班時，發現桌上放了一袋早餐。

因為她來的早，周圍的同事都還沒到班，這讓凌瑄感到更加的奇怪。

靠近一看，早餐下面壓著一張紙條，上面寫著：妳最愛吃的早餐店，鮪魚蛋吐司不加生菜，大杯溫紅茶。

那字跡，是盛子豪。

雖然四下無人，但凌瑄還是嚇得趕緊將紙條給揉成一團，丟進垃圾桶，假裝若無其事的開始工作。

新工作的第一天，凌瑄就忙得暈頭轉向。

而這樣的忙碌，卻讓她越忙越充滿幹勁。

設計工作，是她一生所愛。

能夠像現在這樣把興趣變成工作，凌瑄興奮無比。

窗外的景色，由黃昏慢慢的轉變成漆黑，凌瑄直到這個時候，才想起，早上的那一份早餐。

電梯門打開，凌瑄跟著幾位同事一起進到電梯。

正當她要按下盛子豪所在的 28 樓，她聽見，周圍的同事在討論著：「總裁到底是不是單身阿？」

「未婚，但是有沒有女朋友就不知道了。」

「幹嘛？妳該不會？」

「人人有機會阿，不是嗎？」

凌瑄馬上收手，走出電梯，回到自己的辦公室。

隔天，凌瑄桌上的早餐，又出現了。

但是，這一次，沒有紙條。

袋子裡的餐點是一樣的，所以，是同一個人送的沒錯。

凌瑄皺著眉頭，不知道下一步要怎麼做。

「不喜歡嗎？」聲音從凌瑄的背後傳來，但是，她沒有回頭。

不用看也知道，背後的人，正是送早餐的人。

　　凌瑄的不回應，讓盛子豪直接走到她面前：「我記得這是妳喜歡吃的。」

　　「請你以後不要再做這種事。」

　　「為什麼？」

　　「這有需要問嗎？」

　　「我說了，我這一次不會再錯過妳。」

　　「你……」這時，辦公室的電動門打開了，進門的員工一看到盛子豪，本來一派輕鬆的神情，立刻慌張了起來，他拿下耳機，恭敬的說：「總──總──總裁早安。」

　　盛子豪微微的點了點頭，看了凌瑄一眼之後，轉身離開。

　　楊太太哼著歌，神情愉悅的澆著院子裡的花。

　　自從跟 Cindy 分手之後，楊士傑待在家的時間變多了，於是，陪他母親喝下午茶，成了他的日常生活。

　　舞弄完花藝，楊太太泡著她最喜歡的英式紅茶：「唉唷，這可是凌瑄也喜歡的紅茶。」

　　楊士傑不發一語，連忙幫楊太太準備茶具。

　　「哎呀，只可惜阿，人家現在可能看不上我們家這種廉價的東西了。」

楊士傑停下手中的動作：「媽，妳說這話是什麼意思？」

從楊太太的眼神裡，楊士傑嗅出了不尋常的味道。

「媽，妳……」

「我已經知道她去工作了。」

瞬間，空氣好像凝結了一般，楊士傑一句話都不敢說。

「那，你可知道，她老闆是誰？」

楊士傑搖搖頭。

楊太太接著說：「她現在在盛氏企業上班，是盛子豪的員工。」

「這我知道，她在做她最愛的設計。」

「那你知道盛子豪是她什麼人嗎？」

楊士傑歪著頭：「盛子豪？他不是盛老爺的二公子嗎？跟凌瑄有什麼關係？」

楊太太冷冷的笑了一聲後說：「他可是凌瑄的初戀情人。」

楊士傑的表情從驚訝，慢慢的轉為憤怒。

第七章　大雨

只因為被看見站在一起，凌瑄與盛子豪之間的傳言，就被炒作的**轟轟**烈烈。

由此可見，人言可畏的威力有多麼強大。

而這些流言蜚語，也讓凌瑄的主管頭痛萬分：「凌瑄，我完全相信妳的工作能力，也因為妳的加入，我們的接案增加很多，客戶也都對妳的設計讚不絕口，只是……」

說到這裡，凌瑄已經知道他接下來要說的話，於是她自己先接話：「組長，我知道，對不起，給你添麻煩了。」

回到自己的位置，凌瑄的心情萬分低落。

她只是想好好的工作、過好自己的生活、做自己喜歡的事，完全不想跟這些無聊的事情扯上邊。

這樣沮喪的心情，讓凌瑄有了離職的念頭。

但是，看到眼前進行到一半的設計案，她著實不想放棄這樣的成就感！

忙了一整天，終於下班了。

一走到大樓門口，突然就下起了大雨。

為了掩人耳目，凌瑄請司機不用接送她上下班，她自己搭公車通勤。

現下遇到大雨，還真是麻煩。

心想著公車站離這裡不遠，凌瑄三步併兩步的跑了起來。

只是這雨來的又大又猛，很快的，凌瑄的頭髮已經被淋濕。

眼前路口的號誌，從綠燈搖身一變就轉紅，凌瑄雙肩一垂，懊惱自己沒有加快腳步，以至於現在只能淋著雨，等綠燈亮起。

下一秒，一台黑色賓士車急剎在她跟前。

車窗放下，駕駛座的人對著她說：「上車。」

雖然下著雨，凌瑄還是清楚的看見，說話的人，正是盛子豪。

凌瑄假裝沒聽見也沒看見他，看向前方。

接著，盛子豪下車，快步的走到她身邊：「上車。」

凌瑄依舊裝聾作啞。

這樣的情景，讓一旁的路人，都投以異樣的眼光。

而凌瑄的無動於衷，讓盛子豪直接將她整個人抱起，打開車門，放進副駕駛座。

盛子豪動作之快，讓凌瑄連不及呼叫，只有滿臉的驚恐。

「你在幹嘛！」凌瑄急忙的想要開門下車。

「妳如果開門，我會再把妳抓回來，直到妳上車為止。」

後方的車輛不停的按著喇叭，在大雨滂沱之中，更顯得大聲。

不等凌瑄說話，盛子豪迅速的上車，載著凌瑄，奔馳而去。

「你為什麼要這麼自私。」這是凌瑄沉默了一整路之後，開口說的第一句話。

「我沒有。」

「你知道辦公室那些傳聞嗎？」

「那又怎麼樣？」

凌瑄說話的音頻，微微的調高：「你有想過我的處境嗎？」

「我相信妳的實力，不用怕別人說話。」

凌瑄的好脾氣，在這一刻，被盛子豪推翻了：「我只是想好好的工作！」

「好。」

盛子豪的冷靜，讓凌瑄更加的不滿：「我好不容易可以過自己的人生！」

「好。」

凌瑄終於忍不住喊了出來：「盛子豪！」

看著生氣的凌瑄，盛子豪竟然露出微笑：「吼出來有好一點嗎？」

喘著大氣的凌瑄，開始慢慢調整自己的呼吸，經過剛剛那麼一吼，她覺得頭上的烏煙瘴氣，消散許多。

目的地到了，雨也停了，凌瑄頭也不回的開門下車。

她一關上車門，有人在她身後喊出：「瑄瑄！」

轉過頭一看，是楊士傑。

不知道什麼時候，盛子豪也下車了，他看著凌瑄說：「晚安。」

第八章　呵護

楊士傑小跑步的奔向凌瑄，正當他快要抵達她的面前，盛子豪一個箭步上前，擋在了凌瑄前面。

楊士傑見狀，眉頭一皺，出手將凌瑄拉到自己身邊。

這樣突如其來的拉扯，讓凌瑄一個重心不穩，差點跌倒。

於是，兩個男人同時伸出援手，扶住凌瑄。

而凌瑄輕輕的推開了盛子豪，站到楊士傑身邊。

勝利的微笑，在楊士杰臉上出現：「瑄瑄，快點進去，免得感冒了。」

久違的溫柔呵護，讓凌瑄低著頭，不知所措。

「盛先生，謝謝你送凌瑄回來。」

盛子豪馬上接話：「不客氣，這是我應該做的。」

這句話裡的弦外之音，讓楊士傑立刻反擊：「盛先生，瑄瑄不需要您這樣費心。」

不等盛子豪回應，楊士傑繼續說：「喔，不是，不是不需要，而是以後，您都不用這樣做了。」

凌瑄驚訝的抬起頭來，看向楊士傑。

而盛子豪的表情依舊冷漠，令人猜不透他眼神裡的訊息。

下一秒，楊士傑轉向凌瑄，用溫柔的口吻告訴她：「瑄瑄，我知道妳喜歡做設計，但是妳這樣工作太累了，我捨不得阿。」

凌瑄低著頭，一言不發，楊士傑牽著她的手，一起轉身返家。

盛子豪的眉頭緊鎖，表情透露出哀傷。

才踏進家門，外頭的雨，又開始下了起來。

「雨下的那麼大，那我今天就在這不回去了。」楊士傑自己下了這個決定。

凌瑄緩緩的走到廚房，為自己倒了一杯溫開水，一口飲盡。

坐在椅子上，她腦海裡浮現的，都是盛子豪方才難過的表情。

「瑄瑄，瑄瑄，妳有在聽我說話嗎？」

楊士傑的呼喊，打斷了她的思緒：「怎，怎麼了？」

「我說，我今天晚上就不回去了。」

聽著窗外的雨聲，凌瑄點了點頭。

已經好一陣子，楊士傑跟凌瑄兩個人，沒有好好的坐在一起吃一頓飯了。

這一晚，美食加美酒，楊士傑胃口大開，邊吃邊滔滔不絕的說著公司的事。

凌瑄聽著，卻沒有一個字進到她耳朵裡。

楊士傑發現了她的冷漠，擔心的問：「瑄瑄，妳還好嗎？是不是剛剛淋到雨不舒服？」

帶著微醺的腦袋，凌瑄問他：「你真的要我離職嗎？」

楊士傑放下手中的酒杯，拉了張椅子在凌瑄一旁坐下：「瑄瑄，妳也知道，媽已經知道妳的事了。」

凌瑄將杯中的酒，一次喝完。

「而且她還說，盛子豪，是，是妳的初戀情人？」凌瑄直接點頭承認。

楊士傑臉色一變：「妳，妳不能再給我待在那個公司！」

「好。」

她早就知道，她跟盛子豪的過去，總有一天會被發現。

27

只是，她沒想到，這一天，會來得如此之快。

凌瑄鼻頭一酸，眼眶微微泛紅。

楊士傑見她如此楚楚可人的模樣，緊緊的將她給抱在懷中。

「妳該不會，對盛子豪……」

「不是，我只是不想放棄工作。」

楊士傑輕輕的吻了凌瑄的額頭：「工作的事，我再幫妳想辦法，好嗎？」

看著楊士傑溫暖的眼神，這樣的溫柔體貼，讓凌瑄收起了眼淚，笑了出來。

外面的雨，越下越大。

而屋裡的兩個人，也越靠越近。

第九章　指定

大雨過後的天明，是陽光灑落的早晨。

經過一晚的討論，楊士傑瞭解，凌瑄對於盛子豪，並無其他的心思。

他深知凌瑄的單純，只要她說沒有，就是沒有。

於是，楊士傑決定，讓凌瑄繼續留在盛氏企業。

　　楊太太一聽，立刻反對：「你繼續讓她留在那裡？」

　　「媽，妳聽我說，其實我會答應瑄瑄讓她繼續工作，其實，也是想透過她，知道盛氏企業的內部消息。」

　　這個交換條件，讓楊太太的表情，從剛才的不滿，開始轉變成柔和。

　　看見母親表情的變化，楊士傑趁勝追擊：「媽，妳看阿，如果我們可以搶先，那我們要贏，不就簡單了嘛！」

　　楊太太以不回應當作默認。

　　對於凌瑄的留任，盛子豪自然是開心不已。

　　但是，凌瑄還是先跟他把話說清楚：「盛先生，請你以後，不要再做出不必要的行為。」

　　盛子豪微笑：「買早餐？」

　　「不行。」

　　「送花？」

　　「不行。」

　　「那……」

　　「如果你還是堅持要做這些事，我立刻離職。」凌瑄眼中的堅定，讓盛子豪只好同意。

只要凌瑄願意繼續留下，他什麼條件都可以答應。

自從上次在凌瑄住處留宿之後，楊士傑跟凌瑄之間的感情，迅速加溫。

也因為這樣，讓楊士傑知道更多盛氏企業的內部消息，以至於讓他在投資股票這一塊，總是跑在前頭，低買高賣。

他的這些行徑，凌瑄都看在眼裡，但是她並不覺得自己被利用。

對她來說，夫妻之間，互相幫忙再正當不過。

學生們的暑假即將開跑，政府機關許多的活動也將相應而生，這也是各家廠商開始準備競標政府標案的時機。

雖然政府的標案賺的不多，但是只要合作過一次，基本上這塊大餅就不會再失去。

而這個經歷，在往後的更多政府標案上，也都有大加分的效果。

去年，盛氏企業因為承辦人的涉貪新聞，失去了與中央機關合作的大好機會，還因此上了各大媒體頭條。

正因為如此，今年，是盛氏企業奮力一搏，扳回一城的機會！

這一次的會議，盛子豪親自出席。

底下的主管們對於本次該由誰擔任專案組長，爭論不休。

「總裁，今年體育局的寒假冬令營就是我主辦，成效很好，連市長稱讚不已。」

「總裁，體育局的活動只是一個小小的地方政府舉辦的活動而已，不算大阿！」

「這跟規模有關係嗎？是跟……」

始終一言不發的盛子豪，突然出聲：「就交給凌瑄。」

話音一落，所有人的目光，都落在凌瑄的組長身上：「總裁，凌瑄她，她資歷還不……」

盛子豪闔上眼前的資料：「有能力就好，跟資歷沒有關係，你，好好的從旁協助。」說完，盛子豪起身，離開會議室。

接獲消息的凌瑄，又驚又喜，卻又膽怯了起來：「可是，組長，我……」

「這次是總裁特別指定要交給妳，妳不能推辭，我們全組的人都會支援妳的。」

凌瑄皺起眉頭：「總裁指定給我？」

她的組長微笑著點頭，再給她一個大拇指向上的讚。

第十章　離開

　　一個月後，凌瑄沒有讓盛子豪失望，她順利的取得標案，並且將活動辦得有聲有色。

　　本來議論紛紛的同事，現在也都對凌瑄的企劃與設計能力讚嘆不已。

　　今晚，慶功宴就辦在一個私人招待會所。

　　而凌瑄，正是大家矚目的焦點。

　　看著她身邊的人來來去去，盛子豪想靠近，卻又安分的保持著距離。

　　對盛子豪來說，凌瑄的美，是發自她內心的真誠。

　　因為開心與感動，凌瑄多喝了兩杯，在把酒言歡當中，同事告訴她：「瑄，我跟妳說，妳這一次阿，要好好謝謝總裁。」

　　凌瑄看著同事，不甚理解。

　　同事小心翼翼的把凌瑄拉進，小聲的說:「總裁為了讓妳好辦事，幫妳打點了很多通路。」說完，她還對著凌瑄挑了一下眉。

　　放下酒杯，凌瑄仔細想想，這一次確實遇到很多困難，但最後，都迎刃而解。

　　尤其是在申請經費時，很順利的就過關了。

看著遠方的盛子豪，凌瑄心裡有感激，也有生氣。

盛子豪注意到她的視線，也將目光放到她身上。

熱鬧的音樂響著，燈光也配合著音樂，閃閃爍爍。

而他們兩個人之間，似乎沒有任何阻礙，也沒有任何聲響，只有彼此的注視。

凌瑄踏出了第一步，走到了盛子豪的面前：「為什麼要幫我這麼多？我自己就可以辦的到。」

「是嗎？」

這樣不狡辯的回答，讓凌瑄笑了出來。

確實這一次，要是沒有盛子豪挺力相助，凌瑄的成功，可就沒那麼容易取得。

雖然心裡面有點不服氣，但是，她還是充滿感謝：「下次，我自己來就好。」

盛子豪微笑：「好。」

他的笑，還是那麼樣的溫暖。

盛子豪伸出手，輕輕的撫過凌瑄的臉頰。

她沒有閃躲，而是安靜的看著，這一位曾經讓她愛到入骨，卻又不得不放開的他。

「我們，可以重新來過嗎？」

「不行。」說完，凌瑄轉身就走。

不擅舞蹈的凌瑄，在迷濛中走到了舞池中央，在同事的帶領下，隨著音樂搖擺。

她的快樂，就快要衝破她自己的心臟。

但是，就在下一秒，凌瑄眼前突然閃過一片亮白，很快的，立刻就換成一片黑暗。

在她癱軟之前，盛子豪的香水味，竄進了她的腦中。

遞出辭呈之後，凌瑄就開始避不見面，而這也讓盛子豪瘋狂的要找到她。

躲的了一時，也躲不了一世。

為了避免事端擴大，凌瑄終於，決定要面對盛子豪。

深呼吸一口氣，她按下了電話的撥出鍵。

電話很快的就被接起，不給對方開口的機會，凌瑄直接說：「謝謝你。」

「還有呢？」

「我懷孕了。」

凌瑄清楚的聽見，對方深深的吸了一口氣：「如果我可以早一點遇見妳，是不是就……」

「這樣的相見恨晚，就是老天爺最好的安排。」

盛子豪沉默。

「這一次，我終於能好好的跟你說聲再見。」

「好好照顧自己。」

「我會的，真的，謝謝你。」

「再見。」

「嗯，再見。」

凌瑄已經準備好，跟過去的自己說再見。

也跟過去的一切回憶，道別。

相見恨晚

打工千金

作者：曼殊

第一章　天生富貴卻無法享受

時序剛進入冬天，第一道寒流籠罩在北部地帶，近百坪的一座豪華獨棟大房內，正開著暖爐，萍帆坐在皮革沙發上，攬鏡自照，發現最近臉頰地方又冒了一顆痘痘，有點像暗瘡般。

她有點氣憤，一定是最近吃了人參雞湯的緣故，昨晚又多吃了兩塊核桃桂花糕，一貪嘴，胃腸就消化不良，把醫生經常告誡她，要多運動，飲食儘量清淡的勸告，又拋到九霄雲外去了。

由於是獨生女的緣故，她的父母從小就給不斷給她吃最好最貴的東西，哈根達斯冰淇淋從不間斷，導致高中時候，她就出現高血糖症，父母只好限制她吃任何甜點。

為了讓女兒身形苗條優美，父母又希望她學跳舞，她也去學了現代舞，不過她對跳舞一點興趣都沒有，學了一陣子就打死也不想再去。

父親問她：「那妳自己想學什麼呢？」

她說：「我想學掃地擦地板和煮飯洗衣服。」

母親聽了勃然大怒：「怎麼教出妳這麼沒用的小孩呢？學高雅的事怎麼也教不會，反倒喜歡學這種沒用的工作。」

父親也搖頭嘆息，說：「我的工作是創造出獨具一格的家具和室內裝飾產品，體現居家品味，帶給大家最新潮流的至高享受，打造具

創意美感，以及個性化的家居風格，沒想到她的女兒連品味是什麼都沾不上邊。」

她卻回駁了一句：「我有品格就好，品味以後再慢慢培養！」她要求父母不要干涉她太多，反倒喪失了她天生的喜好與發展走向。

當打掃煮飯的阿姨在家中忙東忙西時，她往往在旁邊幫忙，她認為擦地板也可以運動，煮飯菜也很實際，每天都要吃，阿姨有時候炒菜太油，或者口味太鹹，她可以煮自己喜歡吃的東西。

閒來沒事時，萍帆就聽醫生的吩咐多運動，她懶得去戶外走動，趁父母不在家時，她就把家裡的地板擦一遍，阿姨有時會說：「妳家地板保持得真乾淨呢！」

惹得她聽了在一旁偷笑。

大學畢業之後，她沒做什麼工作，平常除了逛百貨公司買衣服打扮之外，她實在生活得很無聊，同學大部分都忙著上班，像她大學的閨蜜真桂就是個標準的上班族，有時她挺羨慕別人匆忙的生活，似乎過得較充實。

真桂老說她是：「身在福中不知福，她多羨慕可以像她一樣當個大小姐呢！」

待在家裡，母親老看她不順眼，母親經常外出去找她的貴婦朋友吃下午茶、洗三溫暖。

　　每次參加交友聯誼舞會，她穿上母親買給她的蕾紗絲質洋裝，活像個小怪物，她平板的身材，穿棉 T 恤配牛仔褲，戴一頂棒球帽，反倒看起來充滿活力，比穿洋裝好看多了。

　　舞會上認識的富家子弟千金，幾乎沒人像她一樣，喜歡做這些低下的小老百姓工作，她感到似乎自己並不屬於這個圈子。

　　深沉的孤獨感包圍著她。

　　畢業後，一天到晚換工作，她發現她很喜歡打工，不喜歡定點在一個地方工作，最近她又換了工作，在一家咖啡廳打工，她想學當一名咖啡師，每天的工作就是煮咖啡，基本的咖啡拿鐵、美式咖啡、卡布其諾都是客人最常點的飲品，兩片烤吐司中間夾著生菜沙拉，加上兩三片蕃茄、小黃瓜、加肉片，或加蛋和起司片，看客人吃得津津有味，她也頗感樂趣。

第二章　約見大學閨蜜互吐心事

　　萍帆在電話那頭對著真桂說：「我媽最近看我很不順眼，她要我學的那套「貴婦養成訓練術」，我半點也學不來，說實在的，女人要愛美，第一點就是要懂得克制食慾，保持窈窕體態，又要懂得搭配衣服，穿著有型，像我媽每天都翻時尚雜誌，做瑜珈，我怎麼一點也不像她呢？」

「萍萍，沒有人天生就應該是什麼樣子的，妳大概是存著反叛的心理，存心跟妳媽作對吧！妳不知道多少人希望像妳這樣生活呢！像我天生就是勞碌命，想奢華一下就得存好久的錢，才能出國旅行，或者買好點的衣物。」真桂說著，忍不住搖頭嘆氣。

「實在妳比較適合當千金小姐，像我才應該當個平凡的上班族才對，每天沒事做，實在很無聊，這禮拜我們出來吃下午茶好不好呢？我請客。」

「好啊！又讓妳破費不好意思。」

「妳肯陪我，我就很高興了，我不喜歡我媽認識的那些朋友的小孩，她們都趾高氣昂，活像天生要人服待的樣子，忘了他們的父母也是賺血汗錢來養壞她們。」

「像妳這麼懂得替你父親著想，說實在的，像妳這樣樸實的千金小姐，應該也是有的，搞不好日後妳會遇到像妳一樣想法的富家子弟！願意彎下腰桿，自食其力，不鋪張浪費，珍惜財富的運用價值。」

「說實在的，我覺得把錢拿來做公益，比買一個名牌包有用多了，看見孤兒那麼多，我能認養的也很有限呢！」

「我比較想買名牌包呢，錢自己花都不夠了，我沒辦法像妳一樣花在不相干的人身上，這點我真佩服妳。」

「這禮拜出來見面聊聊吧！我把我媽不要的行頭拿出來給妳，如何？」

41

真桂立即一掃陰霾：「多虧妳這位好朋友了，不嫌我寒酸。」

「我也是多虧妳這位閨蜜，肯聽我發牢騷。」

兩人在電話那頭不自覺都笑了。

週末的商業區街頭，向來充溢著歡樂輕鬆的氣氛，逛街購物的人群，擠滿了餐廳和咖啡廳。

萍帆和真桂就坐在一間裝潢十分溫馨的美式餐廳內吃東西，點了炸物拼盤和黑麥啤酒，真桂又另外點了咖啡拿鐵和鬆餅。

「我媽一點口福都沒有，什麼炸的油的甜的都禁口，搞得家裡天天生菜沙拉、酪梨牛奶、堅果，我吃得心情鬱悶極了。」萍帆吃了口炸魷魚酥，立即滿意地吐了一口悶氣。

「我覺得妳媽吃得很營養很健康，也沒什麼不好。」真桂倒覺得放任吃，反倒容易生病。

「每天這樣吃誰受得了啊！」說完，萍帆拿出兩個 PRADA 包，三套絲質印花蕾絲套裝遞給真桂說：「這衣服會不會太老氣些呢！我媽身材跟妳差不多，不知道妳喜不喜歡嗎？」

「妳媽眼光真好，絲質印花最顯女人嬌媚的氣息了。」真桂真心地讚嘆著：「那我就不客氣地收下了。」

「萍萍妳幹嘛老穿休閒服呢！棉 T 加牛仔褲和帆布鞋，活像個還沒畢業的大學生呢！」

「我覺得穿這樣好看啊！況且那洋裝套在我身上活像個怪物，我穿不太習慣。」

「其實是妳眼光的問題，我覺得妳打扮起來也很好看啊！」真桂又再一次真心地說著。

「我看妳穿休閒服也很好看，何必一定要穿得那麼女性化呢？」

「大概是妳沒有男朋友吧！有男朋友的話，女人會想要變得嫵媚一點。」

「等妳有了男朋友，陪我的時間就變少了。」萍帆變得有點落寞，又繼續說著：「妳長得那麼美，很快就會有男朋友。」

「我是重色輕友的人嗎？」

「愛情和友情都要兼顧，這可是妳說的哦！」萍帆說完，一拳重重的捶在真桂的肩膀上。

「哈哈！別說我了，妳也一樣，可別忘了今天說的話。」

「那我們寫到 IG 上傳吧！讓大家見證我們的友情。」

她們兩人高興地在餐廳內拍了一張照，又上傳到 IG 上面打卡留言：「友誼萬歲！」

第三章　離職到設計公司當助理

　　每個人都該安穩的上班嗎？萍帆也曾想過這個問題，咖啡廳工作的時間，一個禮拜只有排班三天，其餘四天的時間，她大部分都待在家裡，或者跑到社福團體幫忙。

　　父親告誡過她：「萍帆妳也老大不小了，老是到處打零工，是不是好好做一份工作，學個專門技能，發揮所學，雖然妳不愁吃穿住，但靠山山倒，靠自己是最好的，老爹還指望著妳將來接手家族事業呢！我只有你一個女兒，妳得學著打理企業才行，不如妳到老爹認識的一間設計公司當助理，從基層做起吧！」

　　萍帆內心拿不定主意，咖啡廳工作對她又失去新鮮感了，她現在也很會調咖啡飲料，輕食三明治都做得很可口了，實在也沒什麼好學了，不如換到設計公司試試新工作，也比較有趣。

　　老爹花白的頭髮，臉角的皺紋彷彿又加深了幾條，再工作幾年也得退休了，她卻對自家公司的生意一竅不通，大學學的是觀光科系，也曾當過導遊帶團，但過沒多久，又興趣缺缺，一天到晚換不同的工作，從沒有在一間公司待超過一年的時間，也不知道是怎麼搞的，大概她還沒找到符合志趣的工作吧！

　　老爹說理論上設計的定義是指：「所謂設計，就是設想和計劃，通常是指有目標和計劃的創作行為及活動。」簡單地說：「就是幫人

家增加品味和美感的行業。住在充滿美感的屋子內，人的心情自然會舒適愉快，減低生病的機率，你看這行業也是造福人類呢！也不一定要做社工才有意義和價值啊！每個行業都有它的使命。就像妳說的品味可以培養，相信妳也可以在這領域找到存在的價值和樂趣。」

「嗯。」聽了老爸侃侃而談的一席話，引起了萍帆到設計公司工作的興趣。

位於市區最繁華高級地段的采軒室內設計，內部裝潢得令萍帆一眼就愛上了待在這間辦公室工作的興趣，擺在休息室內的懶人骨頭沙發和發呆咖啡椅，還有一架掛滿玫瑰花的盪鞦韆，布置得彷若小遊樂園一樣，每個辦公桌上還擺著鮮花，天花板垂吊著綠色蕨類植物，又好像餐廳一樣。

「發什麼呆啊！還不趕快把這文件拿去影印，裝訂好，下午開會要用呢！」設計師葛洛美，拿著設計企劃案宗，重重的打在萍帆的頭上。

萍帆回過神來，桌上堆著一疊厚厚的資料，立即打起精神來，額角有點微疼，那重重一拳，著實不輕。

葛洛美臨走前，還對她翻著白眼，顯出一副不屑一顧的樣子，萍帆看著自己的球鞋和休閒褲，她也開始覺得這位葛設計師，連衣服都搭得很好看，尤其脖子上的小領巾，更是顯出質感和品味。

　　中午吃飯時，萍帆在公司附近買了一個便當，卻不想回辦公室吃飯，在附近隨意走動時，發現一處小公園，涼亭下有涼椅可休息，她就坐在涼亭吃便當。

　　吃到一半時，身旁突然走來一個人，她抬頭看著，一位穿西裝的年輕人坐

　　在她身旁，也打開便當吃起來。

　　萍帆見狀，立即闔上便當，想離開，這位年輕人卻突然開口說：「嫌我是嗎？不然幹嘛要走，還是這涼亭妳想獨享，不想與人分享呢？」

　　「我沒有這意思。」萍帆趕緊回答說：「我會在這干擾了你吃飯。」

　　「不會啊！有美女相陪我高興還來不及呢！」

　　「我算美女嗎？」萍帆笑了出來。

　　那位年輕人眼睛在她身上轉了兩圈半後說：「勉強算吧！」

　　「那好吧！我就在這陪你吃飯。」萍帆又打開便當，咬了一口吃了半顆的滷蛋。

　　「是我陪妳吃飯好嗎？」那位年輕人反駁地回答。

第五章　艾完樂吊兒郎當

　　明媚的陽光灑在公園內，柔和的微風吹拂下，吃完便當的萍帆感到昏昏欲睡，她對著那位年輕人說：「我要回辦公室睡午覺了。」

　　「我也要回辦公室了。」說完，兩人起身，往巷子外的馬路前行。

　　「你跟著我做什麼？」萍帆發現那位年輕人竟走在她身後。

　　「妳才跟著我呢！」那位年輕人不滿地回她一句。

　　走了一段路，兩人又進到同一棟大樓內等電梯，萍帆問他：「你公司是那間呢？」

　　那位年輕人說：「我在采軒室內設計工作，我是業務員。」

　　萍帆聽了大叫一聲：「我也是吔！我在裡面當助理，今天第一天報到。」

　　「難怪我從未見過妳呢！」那位年輕人說完，掏出一條明治黑巧克力，塞到她手上說：「下午茶時候，可以吃條黑巧克力，健康又減壓，不會太苦，有點甜味，很好吃哦！」

　　「謝謝！下次換我請你吃東西。」萍帆揚起手中的黑巧克力，向他笑笑。

　　電梯門開了，兩人走進電梯內，一時無話，氣氛瞬間沉默下來，只聽得旁邊人吱吱喳喳的吵雜聲。

　　艾完樂的位置在靠近總監辦公室外面，而中間隔著一條走道，萍帆和設計師的位置在另一邊，上班時間，兩人在座位區無法見到面。

　　下午三點，辦公室傳來一陣輕鬆的音樂，大家可以休息十五分鐘，公司準備鬆餅、小蛋糕、餅乾和咖啡、茶，大家待在充滿盆栽綠意的休息區吃東西，有人坐在慵懶的沙發上聊天打屁。

　　艾完樂出現在萍帆身邊說：「吃我的黑巧克力配咖啡，比較不會胖哦！」

　　萍帆瞄了艾完樂的身形一眼，發現他個子瘦高，忍不住開口說：「是的，小弟弟看起來很像大學生。」

　　艾完樂說：「妳也很像剛畢業的大學生，公司內很久沒看到穿這麼休閒舒服的同事了。」

　　「我還被設計師嫌不夠體面呢！去它的休閒服，害我被數落，看同事個個都充滿品味，我也得學著改頭換面。」萍帆望一眼女同事的穿著，即使穿著褲裝也都很有型，七分長的寬管褲配高桶馬汀鞋，或者窄管牛仔褲配合身襯衫，頭髮燙得平順柔滑，戴著一圈小耳環，十分好看。

　　萍帆決定去逛街，看服裝店怎麼幫她搭配衣服，這回她要改著扮演設計師的樣子，她在心裡想著，這轉變還真有趣呢！

　　見她一個人在發呆傻笑著，推了她的胳膊一下說：「笑什麼呢？」

萍帆從變成時尚美女的幻想中回過神來說:「我在想來個華麗變身。」

艾完樂說:「我倒滿喜歡妳現在這樣子的,自自然然就好看,沒有什麼眼影,皮膚有點自然臘黃,還冒油呢!」

「你才冒油呢!我要打扮成美得冒泡才行。」

「哈!我還真拭目以待呢!」艾完樂說完,哈哈大笑,離走前還扭擺著跳了兩下舞。

第六章　葛洛美遇見真桂

週休二日的時間,萍帆在時髦的東區衣飾店流連忘返,挑選了幾套穿起來感覺很像他們公司女同事的穿著,也開始學穿低跟鞋。

星期一上班,她一改平時裝扮,換上淡粉色薄紗質長袖襯衫,搭配一件米白色合身的窄管七分褲,一雙五公分高的素色高跟鞋,戴著一頂米白色貝雷帽。

走進辦公室內,葛洛美朝她掃射了一眼說:「怎麼沒化粧呢?至少撲點粉吧!」

才剛打理完衣服,竟忘了打理臉面,怎麼忘了化粧呢?回到座位上,趕緊拿出化粧包來,仔細上了粉底液和蜜粉,再擦上淺色口紅,以前工作經常帶團旅行的關係,養成的職業病,時尚向來與她無關。

　　快到下班時間，突然接到真桂的電話，電話那頭：「萍萍，我今天外出剛好經過你們公司，下班後我們出來吃晚飯好嗎？」

　　「好啊！妳再等我半個鐘頭，我們先約在公司附近的咖啡館碰面好了。」萍帆低聲說著，才掛完電話後不久，葛洛美丟給她一份資料要她建檔，裡面都是客戶名單和通訊聯絡地址，和客戶背景從事什麼行業，收入等。

　　「這資料明天一早我要用。」葛洛美又擺出充滿權威的語氣下指令。

　　「什麼！這將近有一百筆吔！況且又快下班了。」

　　「那麼妳就得加班做完。」

　　萍帆立刻認真的坐在電腦桌前打字，趁葛洛美走出辦公室時，立刻打電話給真桂：「今晚我要加班，恐怕不能陪妳吃晚飯了。」

　　「那麼我陪妳加班好了，妳晚餐想吃什麼呢？我幫妳買，反正回家也是無聊看電視而已。」

　　「好啊！那妳幫我買一份三明治加拿鐵就好了。」

　　真桂進到采軒室內設計公司後，直呼：「妳辦公室好漂亮啊！」穿著一身黑色寬袖窄膝裙裝的真桂，搭配金色蝴蝶結高跟鞋，裝扮的落落大方又不失高雅，五官精緻的臉面，十分吸引人。

她一出現，立即引起葛洛美的注意，朝她身上打量了一會兒之後，又回到設計籃圖上繼續工作。

真桂和萍帆坐在休息區內吃晚餐，真桂說：「我還以為妳主管是位糟老頭子，沒想到這麼年輕，而且長得很好看呢！」

「他是虛有其表。」萍帆一邊用眼角瞄著葛洛美，一邊小聲地說著。

過一會兒，葛洛美也走到休息區吃晚餐，他吃的是一份健康餐盒，只有水煮花椰菜加點橄欖油，一條乾煎鮭魚，一碗糙米飯，飯後配了一杯咖啡。

真桂看著葛洛美，不知為何臉竟然紅了起來，萍帆問她：「怎麼了？」

「沒什麼啊！我覺得妳在這裡上班很不錯，這回妳應該會待得久一點吧！」真桂真心地希望萍帆不要再一直換工作了。

「天曉得，待到不想待為止，這工作是我老爹介紹來的，不然我可能進不來。」

「妳老爹的行業妳也得學一點，幫忙分擔他的事業，不然妳爹老了怎麼辦呢？」

「不管它了，我老爹得自己看著辦，我也得按照自己的心意生活，那裡能一直兼顧他的事業、他的人生！」

「說得也是。」

「陪我加班很無聊，不然妳待在沙發區這裡翻翻雜誌，我再過二個鐘頭就可以忙完了，大概要到九點左右吧！」

葛洛美吃完晚餐後，竟也一直待在休息區內，沒有回到辦公室，真桂佯裝著翻雜誌，不過好像沒有看得很專心，任思緒飄搖。

葛洛美就坐在懶人骨頭椅上，桌上放著設計圖。

第七章　葛格美展開追求

當萍帆穿著她媽買來的及膝窄裙搭薄西裝外套，搭配尖頭高跟鞋上班，她媽總算露出略微滿意的笑容:「換行業果然就換了一個樣，妳現在看起來不再像個黃毛丫頭了，女人還是要懂得打扮！」

萍帆望著她母親保養得宜的臉蛋和身材說:「我以後能像媽一樣，一輩子都漂亮就好了。」

「妳是我生的，當然會像我呀！快上班去吧！」

陽光明媚帶著點慵懶的氣息，灑在辦公室內，萍帆忙著手上的設計案資料，接近中午時，感到臉上有點出油，起身到化粧室去想補點粧，站在茶水間外面，聽到兩位女同事:「想不到她是名揚董事長的女兒，看起來簡直像個貧民戶出身的樣子，雖然現在穿得體一點了，

54

但想到她剛進公司那副樣子，我還在想公司怎麼會用這種人呢！原來是有背景的。」

「這年代靠背景比靠實力有用多了。」

「說得是呀！可惜我們沒有什麼靠山。」

兩人一搭一唱地說著走出化粧間，萍帆還來不及閃躲，剛好撞個正面，那兩位女同事看見她，不好意思地低下頭，快速往萍帆身邊走過去。

帶著落寞的神情走向休息區的萍帆，看見艾完樂坐在沙發上滑手機，朝她揮了揮手說：「妳怎麼了，臉都垮下來了，小心膠原蛋白流失，老得快！」

說完，擰了擰她的臉頰，又掏出一顆明治巧克力塞到她手上：「吃巧克力可以治療憂鬱呢！」

「我才沒憂鬱呢！我只是一時沮喪而已。」

「那麼妳就得找出情緒低落時，可以迅速恢復的方法，告訴自己：『絕對不能被擊倒。』學我抬頭挺胸，昂起九十度高的臉，用力地微笑，哈哈大笑幾聲，情緒就會變好，沒什麼大不了的事，試試看。」

「哇哈哈！哇哈哈，哈哈哈哈大笑三聲。」艾完樂起身跨馬步，手叉腰地仰頭大笑。

萍帆看著不自覺地邊笑邊罵他：「發神經。」

恢復了心情，回到座位區的萍帆，發現玻璃瓶內放了九朵紅色的玫瑰花，葛洛美：「我發現最近妳進步很多，特別獎賞妳的，這玫瑰花最適合嬌媚的女人了。」

萍帆聽了突然覺得有點不自在，朝葛設計師：「謝謝，不過我不太適合玫瑰這麼豔麗的花朵。」

葛洛美突然靠近她：「我發現妳五官還不錯，就是不懂得展現自己的美而已，平常多翻時尚雜誌，學穿搭和化粧也可以變美。」

「明天晚上有應酬，客戶要請我吃飯，我希望妳也一起去，打扮漂亮點。」葛洛美朝她下了指令。

萍帆回家立即翻箱倒櫃地找衣服搭配，可以正式又帶點休閒感，搭點小配件也可以達到效果。

五星級飯店的高檔餐廳內，餐後喝著紅葡萄酒，客戶說：「葛設計師真是年輕才子，果然不負我所託，家裡重新裝潢後，連我小孩都變得喜歡賴在家，不常常外出了。」

「家就是一個磁場，人一輩子待在家的時間最長，看著賞心悅目也可以改善情緒，讓精神變美。」

「果然三句不離本行，我有朋友如果要裝修房子，一定介紹給你。」

吃完飯後，葛洛美手搭在萍帆的肩上：「我送妳回去吧！」

「不用了，我自己搭計程車就好了。」

「反正，我沒事，順便到妳家看看。」

第八章　艾完樂冷眼旁觀

「這社會有錢就有感情，沒錢就沒感情的人很多，這就是人之常情。」艾完樂翹著兩朗腿，坐在公園內咬著漢堡說著。

「什麼調調啊！誰像你那麼勢利眼。」洋芋片一片接一片地塞進嘴的萍帆，又喝了一口汽水後，朝艾完樂扮了個鬼臉。

剛說完時，手機突然響了，電話那頭傳來葛洛美的聲音：「萍帆都幾點了，怎麼沒看見妳在辦公室吃午餐呢？我今天準備了一份日式鰻魚丼飯請妳吃，妳趕快進來吧！」

「可是，我今天中午已經吃零食吃飽了啦！葛設計師不然你請別人吃好了。」接到葛洛美的電話，萍帆立刻變得忐忑不安。

「妳現在在那裡呢？立刻回來辦公室。」

「現在是休息時間，上班時間一到，我立刻回去。」萍帆不高興地掛了電話。

「魔鬼上司還想遙控妳的自由時間啦！」艾完樂忍不住搖頭嘆息。

57

「我覺得葛設計師最近性情大變，不知道是否吃錯藥了，還是有什麼目的？」萍帆開始動腦推敲著。

「一定是有什麼目的，該不會知道妳是名揚老闆的獨生女吧！」艾完樂吐出一口氣地說著。

「你想太多了，我看你做業務倒是挺逍遙，一點也不煩惱有沒有客戶。」

「那就是我的本事了，我是人人稱讚的一級業務戰神，客戶都為我神魂顛倒，一張嘴兩條腿加上一顆真誠的心，就可以交到朋友做到業績。」艾完樂又恢復那吊兒朗當的嘴臉。

「在那耍耍嘴皮，吹吹牛皮，就可以混飯吃，還真不錯呢！」

不知何時，葛洛美竟然走到公園內，交叉著雙臂站在艾完樂身後冷冷地說著。

「葛大設計師賣的是才情，我賣的是人之常情，說實在的，不懂業務就不要亂批評，我們自有生存的本事。」

「萍帆今天我剛好要到西區一趟，晚上送妳回家，如何呢？」葛洛美用充滿柔情的語調對萍帆說。

「不用了，我今天下班想逛逛街再回去。」

葛洛美變了臉面，一會兒又恢復鎮靜的表情說：「隨便妳。」

第九章　運動會發生意外

「公告

　　為了鼓勵同仁重視運動，公司特地在星期六舉辦運動競賽，項目為長跑馬拉松，地點在大尖山登山步道起點，終點為雲樂山莊休息區，步道總長七公里，希望同仁平時注意多鍛鍊身體，唯有強健的體魄才能成就宏偉的事業！也歡迎邀請親友共襄盛舉。

總監　姚仁謙」

　　公文一貼出，同事立即七嘴八舌地討論起來，萍帆心想拿出她以前帶團到名山勝地遊覽的腳力來應付，應該不成問題吧！搞不好還可以拔得頭籌呢！

　　「星期六我們一起走，我還可以照應妳。」葛洛美不知何時靠近萍帆身邊。

　　「我看萍帆比較想跟我一起走吧！」艾完樂適時出現在萍帆左右，萍帆立即表示：「看你們兩個的腳力可否比得上我再說吧！我以前可是長跑健將。」萍帆信心滿滿地掃了他們兩人一眼後，大濶步地走開。

　　萍帆心想不如星期六邀真桂一起參加運動會。

　　大尖山步道向來有市區的後花園之稱，步道規劃完善，沿途風光明媚，幾乎都是石頭路和柏油路鋪成，不趕行程的話，大概可以走上一整天。

　　采軒室內公司全體員工在總監的帶領下，站在大尖山步道山腳下，穿著運動休閒衫的萍帆和真桂，帶著簡便的背包，艾完樂和葛洛美則站在她們身邊。

　　真桂斜眼瞄了一下葛洛美，又轉過頭去假裝看風景，艾完樂揪著萍帆的馬尾巴說：「休閒服還滿適合妳穿的。」

　　「我什麼衣服都適合好不好。」萍帆又開始跟他抬摃起來。

　　葛洛美說：「萍帆最近變美了，都是我調教出來的。」

　　真桂看見萍帆的同事圍在她身邊，顯得很熱鬧，突地感到些許落寞。

　　一開始萍帆就領先地走在最前頭，真桂漸漸體力不支，走在後面，葛洛美走在前頭，艾完樂則緊跟在萍帆身後。

　　走了二個鐘頭後，萍帆也放慢步伐，大概只走了一半左右，到達山莊還有一半路程呢！她喝了幾口水，想再起身時，竟然不小心絆到石頭，人忽地往前撲倒，腳受了傷。

　　艾完樂見狀說：「這下完了，小姐妳走到天黑也走不到了，我看不如我牽著妳慢慢走吧！」

「不用了，我待會兒就好了，你先走吧！不必管我。」

「我那能不管妳呢！」艾完樂說完，主動拉起萍帆的手，用手臂環著她的肩膀，兩人搭著肩走上山。

真柱則一直跟在葛洛美身後，葛洛美藉機向她打聽萍帆的家世。

真柱問葛洛美說：「你喜歡萍帆是嗎？」

「沒有啊！我只是想多了解她而已。」

一會兒，葛洛美突然聯想到真柱該不會也是名門小姐吧！突地問真柱說：「妳爸爸也經營公司嗎？」

「沒有，我家很平凡，父親只是上班族而已。」

「哦！」葛洛美略帶失望地說：「妳看起來倒像大家閨秀的樣子。」

真柱冷笑了一聲說：「人貴重比不上家世貴重，看家世來往的人很多，這社會就是如此勢利。」

艾完樂和萍帆走得很慢，到達山莊時，天都快黑了，同事很多都回去了，總監耐心地等著他們兩人，知道萍帆受傷後，叫來車子送他們兩人下山。

第十章　怦然心動相知惜

　　車子開到萍帆家門口，艾完樂小心扶著萍帆下車，才進入家門，父親見狀著急著說：「怎麼才一陣子沒帶團，人就變嬌弱了，走點山路就失閃。」說完，眼睛盯著艾完樂問：「你是……。」

　　「我是萍帆的同事，叫艾完樂，我在采軒擔任業務。」

　　「我怎麼好像見過你，我們以前有碰過面嗎？」萍帆的父親看著似曾相識的艾完樂說著。

　　「曾伯伯我見過你，我父親是專營玻璃藝術窗框的經營商，偶爾會跟你們有生意上的往來。」

　　「我記起來了，你是新藝公司艾董的公子，我們曾在慈善晚會上見過二次面，你父親白手起家真不容易。」

　　「我也是學著從基層做起，跑業務是我的興趣。」

　　萍帆坐在沙發上休息，望著艾完樂說：「想不到老爹的人面這麼廣，竟連我同事都認得。」

　　「這行業做久了，圈小也變窄了，來往的就那麼些人，待久了妳就知道。」

　　萍帆的父親看著他們兩位年輕人，開懷地笑著說：「以後多到我家走走，萍帆也欠缺這行業的朋友。」

艾完樂說：「令千金非常的不嬌貴，非常的平易近人，說實在的，能找到物質儉樸的富家千金，簡直是稀有動物了。」

「你自己還不是一樣，吃 50 元便當的富家公子也很少，還跟我爭一瓶飲料誰請客。你業績那麼好，不像我小助理領個二萬五而已。」萍帆不知為何跟艾完樂相處就是如此輕鬆自在。

「改天登門，我送妳一打玫瑰，讓你更像個女人。」

「天啊！我看我不適合嬌貴，你還是送我明治巧克力填填嘴。」

「巧克力和鮮花統統適合妳，在我眼裡，妳就是如此光采奪人。」

「你是戴錯眼鏡，看花了眼。」

「我慧眼獨具，喜歡自然的妳。」

這句話惹得萍帆紅了臉，她抬起迷濛的雙眼望著艾完樂的眼，注視一會兒後，才緩緩說出：「滿口花言巧語，我想的是明天便當吃什麼，你付錢還是我請客而已。」

「我請客，可以嗎？」

「你說的，明天可別掏錢包時，又反悔！」

「那好，明天我絕對履行諾言，每天都請客也可以！」

「那好，錄下來做見證。」

「找到一張長期飯票了是吧！」

「什麼！我才不必靠你也可以生活得很好，我也不喜歡靠父母。」

最後萍帆說了一句：「靠父母，可以當個公主；靠老公，就當個王妃；靠自己，才可以當女王。」

今世的法海想要戀愛

作者：蕈櫻

「妳是不是瘋了？」小青用力放下杯子，玻璃撞在木桌上，發出吭啷一聲。她的姊姊嚇得肩膀縮了一下，看起來完全不像是活了一千多年的大妖。

「⋯⋯不能告訴他嗎？我看網路上的戀愛文章都說，交往的時候要保持坦承，才不會對感情造成不可挽回的傷害。」白素貞小小聲地辯解著，然後又軟軟地補充：「⋯⋯我覺得很有道理呀，妳看上一次不就是因為我們瞞著老公，他才被嚇跑的嗎？」

「當然不是啊！妳告訴他之後，他難道就接受了嗎？他不是去找抓蛇的人來了嗎！」她忿忿地瞪著臉皺成一團的姐姐，毫不懷疑自己隨時都會急性心臟病發作。

「可是許宣宣聽完也沒有說甚麼呀，他沒有跟上次一樣懷疑我，也不怕我，倒不如說他好像根本不相信——真是的！他為什麼總是不相信我呀！」

「拜託妳把那個奇怪的暱稱留給姊夫聽就好，甚麼宣宣啊，聽起來好噁心。」

「妳為什麼總是這麼不可愛呀？真是傷姊姊的心。」白素貞蹙著柳眉，抿著櫻桃小嘴，做出一副受到傷害的柔弱樣。她終於沒忍住，大大地翻了一個白眼。不管白素貞道行比她多了幾百年、比她多活了幾歲、有多喜歡自稱自己是姊姊，她絕對都是更成熟理性的那一個。

誰會像她一樣，一戀愛就腦殘，整天都像是個情竇初開的少女，拼命滑網路戀愛文章、看純愛連續劇，一張嘴就是「許宣宣」？

雖然姐姐這麼興奮的原因，她也不是不能理解。畢竟她們兩個可是一起等了一千年，才又等到許仙的轉世呢。第二次機會就像是命運的補償，她會想小心翼翼的經營感情，不重蹈覆轍也是人之常情——不過大方向男友坦承自己是活了一千年的大白蛇，還不厭其煩地宣稱他們是前世夫妻、天作之合，算不算的上小心翼翼，她就不知道了。

反正，從姊夫還沒去找甚麼道士或和尚來看，大概短期內也不會出甚麼事。她可不希望姊姊這次的戀愛又變成一個大悲劇，她這次可甚麼都沒做呢，要是半路又殺出來一個正義使者，那真的太可憐了。

不過以她對現代人的了解，搞不好姊夫想找的其實是心理師也不一定。她喝著奶茶，想許宣要不是不信妖鬼，就是懷疑姐姐是中二病或妄想症，而且後者的可能性顯然更大——算了，既然姊夫不在意，她也懶得管了。

「啊，對了，等一下法海會來家裡玩哦。」素貞開開心心地補充了這一句，讓她剛喝的一口茶都噴了出來。

「妳剛剛說甚麼？法海？」

「對呀，法海。」她理所當然地說，好像法海是她失散久別的老友似的——好像法海不是要來收妖似的！

「他跟宣宣是同系的同學，我沒有跟妳說過嗎？好像從高中就是好朋友之類的。我不太記得了。」

「那個光頭法海的轉世？」

「就是那個法海。」素貞點頭，一臉坦然。

她做了兩次深呼吸，從一數到十，試圖平復顫抖的心情，但如果有用的話，她一開始就不會摔杯子了。

「妳的腦還被關在雷峰塔裡嗎！」她拍桌站了起來，用氣到顫抖的食指，指著她戀愛腦的姊姊。

「法海！果然姊夫想跟妳分手了吧！」

「噢，沒關係啦，他人很好。」素貞顯然看不出問題所在，對她露出一個慈愛的笑容，友善地遞了一塊餅乾給她，用像是在哄小孩的溫柔語氣說：「第一次見面的時候，他還看我看到臉紅了耶。現在的人不是都這樣說嗎？會臉紅的男人很單純，可見他是個好人。」

「妳到底平常都在看甚麼？」

素貞沒理她。「噢，而且他這一世是個道士，道士不是可以結婚嗎？我看很多人都說法海之前拆散我們，是因為他自己不能結婚，所以他現在應該沒有拆散我們的理由了吧？而且我現在也很乖啊，甚麼誘拐、下毒、威脅、偷竊、傷害都沒做，他應該也沒有替天行道的理由了吧。哦哦，還有人說他是因為喜歡許宣才拆散我們的，不過我

確定他這一世喜歡女生，畢竟他看我看到臉紅了嘛。所以，很安全的，不要擔心！」

「……我真的拜託妳，不要再看亂七八糟的網路文章了。」

她不情願地承認，法海正如她的姐姐所說，看起來是個好人。更精確地說，是個傻氣、懦弱，看起來非常沒用的男人。她審視著他的外表，但很遺憾地，白襯衫、刷破牛仔褲、白色帆布鞋、黑色的後背包，一切看起來都很正常很普通，一點都沒有土氣或迂腐的感覺。他的頭髮略長，因為自然捲而有點蓬亂，配著他清秀乾淨、略帶紅暈的臉，看起來竟然有點像是小鹿，有點可愛——不，她一定是中邪了，法海怎麼可能會可愛！

在她對自己生氣的時候，許宣正試著消融陌生人初見的尷尬，忙著介紹他們兩個認識。

「法海，這是真真的朋友，叫小青。小青，這是我朋友，叫法海。」

（真真。姊夫是認真的嗎？這兩個戀愛腦的人真是絕配。）

「妳好。」法海朝她靦腆一笑，聲音跟他給人的印象差不多，乾乾淨淨。他的語氣非常小心，像是第一次相親的人，害怕留下糟糕的第一印象的那種小心。

這個法海的方方面面都讓人生不起氣，但這也讓她沒來由的生氣——這麼純良無害的樣子哪裡像是法海啊，當初那種不可一世的跩樣去哪兒了！

69

「⋯⋯我的臉上有甚麼嗎？」法海問她，聲音輕飄飄的。她回過神，看見他尷尬的微笑，才意識到自己忘了回應。

「啊，抱歉，我只是覺得你的名字滿特別的。你真的叫法海嗎？」

「是真的。我也不知道我爸媽當時在想甚麼。」他臉更紅了，似乎覺得這名字讓他很羞恥。

許宣適時地插入了話題，補充道：「他從小就常因為名字被同學笑，我們變成好朋友也是因為這樣。不過話說回來，我們兩個的名字也滿搭的嘛，法海跟許宣，很白蛇傳吧。」

「滿搭的。」她敷衍地同意，看到法海的臉更紅了。

整頓晚餐充斥著微妙的尷尬。法海似乎很內向（不過如果他真的從小就因為名字被霸凌的話，這也情有可原），只在被問話的時候才回答。他幾乎沒有好好看過她的臉，總是一直低著頭，回答她的時候，也都結結巴巴的。他這種唯唯諾諾的樣子，讓她沒來由的一肚子火——她可是明明白白地感知到他對她的喜歡了，還裝成這種正人君子的樣子給誰看呀？果然法海很討厭！

「我先走了哦。明天有早班。」晚飯好不容易結束了，她如蒙大赦地站起身，拿過掛在椅背的皮外套，迫不及待地想離開。

「好哇，回家小心哦。」素貞說，跟著站起來收拾碗盤，支使許宣一起端進廚房。她似乎看到姊姊對法海露出鼓勵的笑容，但願是她看錯了。

70

「呃，不好意思？」法海用小小的聲音叫她。她轉過頭，沒好氣地問：「幹嘛啦？」

他肩膀一縮，像是做錯事的小孩。她有這麼可怕嗎？這臭和尚。

「我——呃——可以跟妳交個朋友嗎？就是我其實真的很想認識妳，但我可能隔著螢幕比較不緊張，所以我⋯⋯」她翻了個白眼，粗魯地打斷他毫無邏輯的碎念，直接幫他說出重點。

「你想要加我好友是不是啦？手機拿來。」

法海恭敬地雙手遞過手機，整張臉都亮了起來，她忍住翻白眼的衝動，專心地點開社群媒體的程式，在搜尋欄輸入自己的名字，發送了好友申請。

「好了，我回去再加你。手機沒電了。」

「啊，嗯，謝謝。」法海磕磕絆絆地向她道別，她隨便地揮了揮手，一邊下樓梯，一邊想著這一世的法海，果然還是讓人喜歡不起來。

「到家了嗎？」

她洗完澡出來，就看到手機跳出這條訊息。是法海。她盯著螢幕好一會兒，也不知道要回甚麼——他們兩個小時前才認識，問這種問題會不會太超過了？

不過想想他那個呆樣，搞不好他是真的在擔心她？雖然她對他沒有多少好感，但她也沒有不講理到對釋出善意的人惡言相向的地

71

步。幾經考慮之後，她傳了一個 yes 的動圖過去，希望對方能自己意識到錯誤。

法海立刻已讀了，並且很高興地傳來第二條驚人的訊息：「今天一直沒辦法當面跟妳說，但我覺得妳超級正！」

「謝謝。」她有點傻眼。果然法海還是和尚吧？這種聊天功力……。

「希望下次能再看到妳，妳現在還是學生嗎？」

「我沒在上學，在咖啡廳打工。」

「真的嗎，在哪一家啊，我下次可以去找妳嗎？」

不行了。太超過了。她忍住罵他的衝動，一邊在心裡默念著與人為善，一邊打出「哈哈，很遠喔，明天上班，先晚安」這種敷衍的話，完全不看他的回覆，直接按了封鎖，然後打開姊姊的聊天室，輸入「法海是個噁男！」，毫不猶豫地送出，接著果斷地把手機扔在桌上，自己埋進被子裡，無視隨之而來的一連串震動。

果然法海一點都不可愛！

法海在許宣的公寓門口來回踱步，遲遲提不起勇氣按門鈴。每多轉一圈，他就越冷靜，越覺得自己笨，越想打退堂鼓──他想追的不僅是一隻蛇妖，還是被前世的自己收服過的蛇妖，而他想出的解決辦法，是向他收服過的另一隻蛇妖尋求幫助。他的腦就跟他的道術一樣

不可靠，難怪父親怎樣都不願意讓他自己去收妖，即使他好像資質尚可。

　　他可真悲慘。從小就因為前世的名字被笑，現在好不容易陷入初戀，還被前世的自己拖累，好感度從開局就是負的，直接進入地獄模式。他越想越覺得，這就是他立刻被封鎖的原因——他們才聊不到三句，他怎麼可能有機會觸怒她？這一定是因為他千年前給她留下的印象太差了，一定是這樣。

　　他靠在門上嘆氣，他可不想生生世世都作和尚啊，為什麼前世的自己要處處跟自己做對？

　　就在這個時候，門突然打開了，他一個重心不穩，四體投地的跪倒在地，而素貞一臉困惑地低頭看他。

　　「你從剛剛開始就在幹嘛？這樣很像變態哦。」

　　「……抱歉？」

　　「宣宣去他姊姊家了，要晚上才會回來，你要進來等他嗎？」

　　「我今天是來找妳的，可以讓我進去嗎？」

　　「好呀，進來吧。」素貞很大方地答應了他，讓他去沙發坐著，自己去廚房倒茶。她端著兩杯茶回來的時候，他打開包包，把一盒蛋糕放在桌上。

　　「這個給你們吃。」

「哇，又是你作的嗎？真棒呢，會做菜的男生很受歡迎的。」她天真地稱讚他，立刻拿了一個堅果瑪芬吃了起來。他悲傷地看著快活的她，真希望小青能跟她姐姐一樣灑脫。

「可是小青不喜歡我。」他悽慘地告訴她，把臉埋進掌心。

「我們才聊三句，她就把我封鎖了。」

「我有聽說。」她含混不清地說，在吞下蛋糕之後，她重新對他露出寬慰的笑容，向他保證道：「我會幫你的！畢竟我都吃了你那麼多東西了！而且小青都單身一千多年了，我這個姊姊也很擔心她呀，你知道她嚇跑了多少男人嗎，真是的！」

「……我會不會直接被她殺掉？她很討厭我吧？」他臉色一白，衡量起愛情跟生命孰輕孰重，他似乎突然能夠同理當年許仙的心理衝突了，也許許仙沒有他在課堂上批評的那麼一文不值。

「她雖然還有點介意你的前世，但也沒有那麼討厭你啦。」素貞揮揮手，雲淡風輕地說：「只要你證明自己已經不是當年那個討厭的和尚就好啦。不要想用缽蓋住她、說她是孽畜、把她封印在塔裡之類的，她到現在還是有點創傷。但她前幾天也沒有對你怎樣不是嗎？沒問題的啦。」

「可是我只是跟她說我想去探班，就被封鎖了。」

「探班啊……嗯，這樣吧，你等一下就撐著傘去她工作的地方接她吧？在雨裡兩個人共撐一把傘，很浪漫的對吧！」

「今天降雨機率是零。」他嘆氣，想著該不該跟許宣說，讓他別再讓女友整天看純愛電視劇了。但素貞不接受反駁，只是美麗地笑著：「交給我吧！等一下就會下雨了！」

他張大眼睛，意識到這任性的妖想做甚麼，連忙阻止她：「不，等等等一下！不要隨便為了這種事情用法術，這樣大家都會很困擾的！」

可他一點都不是素貞的對手，不管是法術還是話術都一樣。

「我會控制的啦，一下就會停了。這招真的很有用的！當年我的宣宣也是因為跟我走一段路就愛上我了，絕對沒問題的。」

「妳不能直接跟我說她喜歡甚麼嗎？有必要這樣嗎？」他絕望地再接再厲，但她只不過是朝他威嚇地一揮手，他就很沒骨氣地噤聲了。

「她喜歡在下雨的時候，特別帶傘去送她回家的人。」

他看著她優雅地動著手指，勾勒出纖細的法陣，想著如果他現在從書包拿出符咒貼她，究竟是她會先停下，還是他會先被吃掉。

在聽到雨聲的時候，他默默地祈禱，晚間新聞不會有甚麼水淹龍山寺的緊急頭條。

　　事已至此，他也只能撐著傘，往小青打工的咖啡廳走去。經過被雨淋得措手不及的行人的時候，他都在心中為他們祈求太上老君的保佑，這是他唯一能做的事了。

　　他在門口看見了她，不由得又緊張起來，心虛地蹭過去。小青絕對是看見他了，可是她完全沒有搭理的意思，在發現他也沒有離開的意思之後，才嘆氣轉頭看他，問：「你怎麼知道我在這裡打工？」

　　「噢。」他現在才意識到自顧自跑來她打工的地方，會讓他看起來像是個癡漢。他一邊在心裡後悔這個有勇無謀的計畫，一邊試著給她一個善意的謊：「我剛剛去許宣家找他，不過他不在。在等的時候突然下雨了，真真就讓我來接妳。」

　　「我就知道是她搞的鬼。」小青咬牙切齒地小聲碎念，他作賊心虛地一抖——她當然會認出法術的痕跡啊，素貞怎麼就沒想到呢！

　　小青對他露出一個勉強的微笑，問他：「那你為什麼不帶兩把傘來呢？」

　　這是個很應該問的好問題。為什麼只拿一把傘呢？因為素貞只給了他這把傘，就把他推出了門。但他知道他不能老實說出來，他至少知道這樣會被蛇吞掉。

　　「我沒想到，抱歉。」他老實地說，已經預期她會給自己一個白眼，但小青這次沒跟他計較，只是示意他靠近一點。

　　「走吧，差不多十分鐘就到我家了。」

他連忙跟上去，小心地不碰到她的肩膀，把傘盡可能地往她那邊撐。素貞給的傘實在太小了，他整個右半邊幾乎都露在外頭淋雨。但他覺得，這或許就是他應得的報應。

「進來休息一下吧，你都濕掉了。」小青一邊轉著鑰匙，一邊漫不經心地說。他一驚，錯過了回答的時間，得到了小青不悅的視線。

「呃，我沒關係。」他說，臉頰燙得不行。

小青看起來更不高興了。可她不是討厭他嗎？為什麼要主動邀他進去？

「妳自己一個人住吧，這樣好像不太好……？」

她給了他一個白眼，而他莫名地放心了。他隱隱覺得自己好像逐漸偏差了。

「放心吧，我可以好好保護自己的。」

「……那就打擾了。」他打了一個噴嚏，感激涕零地跟在她後面進了門。室內比外頭暖得多，小青讓他坐在沙發床上，說要去拿毛巾，就把他丟下了。

他一邊打了好幾個噴嚏，一邊環視她的閨房。雖然屋子不大，但應有盡有，整體風格簡潔俐落，倒是很符合她的個性。

「給你。」她拿著好幾條大毛巾回來了，他下意識地往邊邊挪了挪，與她保持禮貌的距離，結果她只是瞪他一眼，把毛巾丟在他腿上，自己索性直接坐在沙發另一邊。

他有點後悔，但也不能厚臉皮地挨過去，就只好小聲地道謝，拿著毛巾笨拙地擦頭髮跟上衣。

「你到底會不會擦啊。」小青不知道甚麼時候站到了他背後，拿過一條毛巾，開始給他擦頭髮。

「你這樣擦完也已經感冒了啦。」

他不知道怎樣回應，就傻傻地說出閃過腦海的第一句話。

「我不是故意想說話惹妳生氣的，抱歉。」

「噢。」

「……我不太知道怎麼跟女生講話。」

「看的出來。」她的聲音帶了一點笑意，讓他鬆了一口氣。

他們坐著等雨停。她意外地對他的經歷很有興趣，問了他有沒有遇過甚麼可愛的鬼或神，又問了他的同學真的都那麼壞嗎。聽到他說最喜歡白蛇傳，把所有電影跟動畫都看完的時候，她甚至笑了。

他都要變成素貞的信徒了。

他們度過了一段愉快的時間，直到他因為腳上傳來一陣癢意，低頭看見一條粗長的玉米蛇，驚跳起來為止。

「抱歉，嚇到你了。我把牠放在床上的，竟然溜出來了。」小青說著，把牠抱起來，放在腿上摸著。

「米米，這是法海哦。啊，你該不會怕蛇吧？我可以把牠放回去。」

「沒關係，我家後面的草地很多蛇，看習慣了。」她應聲，似乎很滿意他的回答，就這樣繼續撫摸著牠。他盯著她們，遲疑了很久，終於還是忍不住開口：「這是妳的寵物嗎？」

「不然呢？難道是我的食物嗎？」

「不，我只是……因為妳是蛇妖，所以我在想牠，呃，該不會是妳的小孩？」

「雨停了。」她說，把牠放在坐墊上，自己走到門口，打開門之後回頭看他。

「你可以回家了。」

他甚至還沒告別，門就碰地關上了。他眨著眼，遲鈍地意識到自己被小青討厭，似乎跟自己的前世已經沒有甚麼關聯了。

「法海感冒了哦。」星期五晚上，當她一如往常地到素貞家吃免費晚飯的時候，開門的素貞劈頭就丟下這句話。到底誰才是跟她相依為命了一千年的妹妹啊，法海又是哪根蔥！她對姐姐這種胳膊往外彎的行徑氣到不行，稀薄的罪惡感都暫時煙消雲散，讓她重新築起防衛的高牆。

「不關我的事吧？」

素貞幽幽地看了她一眼，一邊回到廚房，一邊說：「不知道是誰，在下大雨的時候說『雨停了』，就把人趕出家門的喔？」

「他明明有傘。」她一邊擺著餐具，一邊大聲地反駁用大火炒菜的姐姐。隔了一會兒，她的姐姐也以蓋過抽油煙機的音量大聲回答：「他先是淋濕了半邊身體，之後又在狂風暴雨裡走了半小時的路回家喔？」

她無話可說，但還是小聲碎念道：「他不是道士嗎，身體怎麼這麼弱啊……。」卻很不幸地被正好端來雞湯的素貞聽見了。姐姐一瞪她，她就乖乖閉嘴，幫著姐姐端菜盛飯。

在這種壓抑的低氣壓中開門的許宣，就像是上天派來的救星。在看見許宣的那刻，她鬆了一口氣，沉默地向他求救，但許宣看了看自己陰沉著臉的女友，又看了看她，竟然莫名其妙地掌握了狀況，還一下子就決定要站在女友那邊。

許宣說：「法海已經兩天都沒來上課了，打電話問他到底需不需要幫忙，他又說沒事，但他一個人住啊，真擔心他在沒人知道的時候偷偷死了。」

素貞用一種得意的驕傲神情看她，讓她很想翻白眼。她早該知道，就算姐夫能渡化人，會渡的也絕對不是她。

「我明天！去看他總可以了吧！」她實在氣到不行——為了這兩個人聯合起來壓迫她，為了她沒有人幫她說話，也為了法海讓她姐姐對她生氣——就一時不察，照著他們的期望說出了這句話。

姐姐跟姊夫對望了一眼，兩個人都露出了父母看著反省過的小孩的那種慈愛笑容，讓她好想揍他們。

「真的可以麻煩妳嗎？那我等一下給妳地址。」

「哇，小青會負責了呢，姐姐真開心。」

當晚她食不知味，滿心都是法海真討厭。

其實法海也沒有那麼討厭啦。她一邊看著手機導航，一邊前往法海住處，這樣想著。她已經不像之前那麼討厭他，甚至還加了彼此好友（雖然已經封鎖了），對方也去過她家了，他們應該可以算是普通的朋友，只是可能沒有交好到想去探病的程度。

但也不應該這麼抗拒才對。她試圖釐清自己如此牴觸的原因，想著或許她是討厭姐姐瘋狂地想把他們配成一對吧，說起來，她也有點討厭法海畏畏縮縮的樣子。不過，雖然他很不會說話，但他其實也不是出於惡意才那樣說，在生氣過後，她回想起那些話，有時候還會笑出來。說實話，他也沒有那麼糟。

　　「不過，為什麼我要幫他找他不討厭的理由啊。」想到這裡，她赫然發現自己被素貞的戀愛腦影響了，急忙甩開這份危險的想法，快步往目的地走。

　　照著導航的指引，她最後停在一棟老舊的學生公寓門口。整棟大樓都灰灰暗暗，鐵製大門在推開的時候，還發出咿呀一聲，高亢刺耳得像是女妖的尖叫。她走上狹窄不平穩的水泥樓梯，頭頂上那孤零零的鎢絲燈泡一明一滅，每踏一步都感受到重重的陰氣，如果等一下在轉角看到一個閃過的鬼影，她也不會太訝異。

　　依照姐夫的說法，法海住在四樓最右邊的房間。她敲了敲門，站在門口等著，一邊想著法海到底聽不聽得見，聽見了又有沒有力氣起床開門，畢竟都兩天沒去上課了，聽上去挺嚴重的。

　　過了一會兒，門開了。房間雖然小，但不如她想像中的破敗陰暗，反而挺素淨的，該有的家具也都有——走進小小的玄關，右邊是浴室，左邊是書桌跟書櫃，最裡面的木頭地板上鋪著一床被褥，一顆頭露在外頭，顯然那是個昏迷不醒的法海。

　　「歡迎光臨！快進來吧！」一個像是女孩子的稚嫩聲音說。她眨眨眼，但眼前還是一片虛無。就算他真的跟地縛靈還是甚麼的同居，也沒道理她會看不到呀。

　　「在下面啦！」

　　她愣愣地低頭，看見了一只搖來搖去的拂塵。雖然它並沒有五官，但她總覺得它看起來很愉快。

　　「妳好呀！妳是小青對吧？法海這兩天一直在睡夢中對妳說話哦！」

　　「也太噁心了吧。」她忍不住皺眉，但拂塵卻不理她，只是說著快進來，自己則一蹦一跳地往床鋪去，毫無慈悲地跳上主人的臉，用毛來回刷他。

　　「你這沒用的傢伙，快點起床！小青來啦！」

　　「芙芙，妳要是再繼續吵，等我能爬起來就把妳拿去燒掉。」

　　她一靠近，就聽到法海這樣威脅他的法器。雖然他聽上去很認真也很生氣，但看著他毫無殺傷力的臉，搭上他黏糊糊的聲音，就只讓人覺得好笑。

　　她忍不住笑出來，拂塵貼心地跳到一旁，確保主人能看見她。但他看了她好一會兒之後，突然像是看到鬼那樣，整個人一震，還哇了一聲。

　　她終於沒忍住白眼，剛剛的憐惜都煙消雲散：「你還好吧？我聽姊夫說你已經兩天都沒去學校了，想說你感冒我也有責任，所以就來看看。你有去看醫生嗎？」

法海還是愣愣地看著她，她皺眉，又問了一次：「有聽到我說話嗎？」

「我有吃退燒藥？」

為什麼是這種不確定的語氣？

「算了，你要不要吃點東西？我有帶東西來。」

「是仙草嗎？」

「你想吃冰的東西嗎？」她愣愣地反問，一瞬間覺得自己有些自作多情，也猶豫著該不該把粥拿出來，可法海跟她說的顯然不是同一件事：

「就是那種天上的仙草？吃了就會康復的。」

好吧，法海還是個討厭的笨蛋，但他是病人，不能跟他計較。

拂塵卻沒想那麼多，直接跳起來掃了他一嘴毛。

「你這笨蛋，有得吃還挑！」

「……總之先吃點粥吧，等等再吃藥，或是我們一起去看醫生也可以。你有餐具嗎？」

「在書櫃旁邊的矮櫃裡。」

她應聲，拎著包包站起來，依照他的指示，彎身在櫃子裡搜尋可用的器皿。

「……這個碗是不是有點大，好像和尚在拿的。」她最後選了一個藍釉陶缽，把粥倒出來，沒想到一個聽起來很聒噪的男聲突然冒了出來，嚇得她差點摔落提鍋：「好燙！拜託，我又不是碗！」

這些東西還真的很像主人，都不怎麼會說話。

她敷衍地道歉：「抱歉，我以為你是碗。」

「我是缽，拿來收妖的，妳要是再這樣動手動腳，小心我扣在妳頭上。」

她不想管它，既然都裝一半了，索性就倒了滿滿一碗，拿著它回到床邊。法海不知道用了甚麼方法坐起來，靠在窗邊，一臉虛浮地看著她。

「我煮了粥，隨便吃一點吧。」

法海看起來很感動，但在看到她手上端著的東西之後，疑惑地說：「這是缽。」

「它剛剛也自我介紹了。反正能裝食物就好了吧？」

「我不喜歡你的女朋友。」缽說，她彈了它一下，聽見它大叫一聲，不說話了。

「它平常沒這麼壞，不要欺負它。」

「我沒想到你現在也有個缽。你會不會過了幾年就又跑去出家啊？」

聞言，本來低頭吃著粥的法海抬起頭，很不開心地揮舞著湯匙告訴她：「才不要，我告訴妳，我超級討厭以前那個法海的。」

「你討厭自己呀？為什麼？」他看起來更不開心了，就像是炸毛的幼貓，讓她覺得很可愛。

「我從小就因為這名字被笑。」

「就這樣？」她有點傻眼，覺得生病的法海講話實在很幼稚。

「可是他個性也很差啊，他又不認識許仙，幹嘛隨便把人家拆散啊，最後還說甚麼『看在妳懷孕的分上，就讓妳生完再被關起來好了』之類的，到底要多高高在上啊。」

「……也沒必要這麼生氣吧，姐姐那時候也是有點殘暴啦。」

「他根本就沒有想度化她啊，孽畜來孽畜去的，自己是人了不起喔？」

沒有見過他這麼憤慨又講話流利的樣子，而且還一直幫妖怪講話，到底自己是人還是妖啊。想著，她忍不住笑出來，但法海會錯意，滿臉通紅地問她：「妳為什麼要笑啦？妳難道喜歡他嗎？怎麼看都是我比較好吧？」

「好啦，比較喜歡你可以了吧。快吃吧。」她哄騙著，看他吃完了粥，又出去買了特效藥回來，看著他吞下藥丸，整理了一下環境，等到他睡著了才離開。

他也滿可愛的嘛。她想著。

第二天早上，法海醒來的時候，久違地神清氣爽。他很高興地發現那種頭重腳輕的暈眩感已經消失，身體之輕盈，就像是羽化成仙那樣。

他心情愉快地呼喚他的寵物，過了一會兒，他的拂塵就從角落蹦出來，一如往常，高高興興地開始聒噪：「昨天小青小姐回去的時候看起來滿開心的，真是太好啦！就跟我最近看的網路言情小說一樣，你們已經度過了最大的轉折！從此以後就會一路甜蜜到結局啦！」

「等等，妳說甚麼？小青昨天有來？」

「有啊，還哄你哄了好久。我覺得她也滿喜歡你的呀，對你很有耐心呢。」

「騙人的吧！我完全不記得！我昨天跟她說了甚麼！」

「你說你討厭法海，一直一直說。噢，還說要把我燒掉！你要是沒有我，連自己說了甚麼都不知道——呀！」

他沒好氣地戳它的毛，惡狠狠地威脅它：「妳再這樣大聲嚷嚷，我真的就要把妳燒掉了。」

他的拂塵氣得跳腳，在他腿上踩來踩去。他毫不理會，摸過放在窗臺上的手機後快速滑開，看看這兩天他都落下了甚麼。

在通知欄看到小青傳來的訊息通知時，他的心臟都要停了。

「你要是有體力就去看醫生，看醫生回來記得順便買個東西回家吃。」

天哪！他被解除封鎖了！而且還被關心了！要是現在哭出來，他也不會太訝異。

他立刻回覆了「謝謝，我會的。」，又小心地補了一句：「我昨天不太清醒，如果說了甚麼讓妳不高興的話，抱歉。」

過了四分鐘，新訊息的提示音甜美地響起了。他在第一時間滑開聊天室，看到小青回覆：「沒關係，你也沒說甚麼奇怪的話」

他把手機捧在心口，滿心都是發高燒真是太美妙了。

之後，小青對他的好感似乎垂直上升，雖然他還是不懂為什麼。他們現在每天都會聊個幾句，在沒課的禮拜三下午，他也會到她工作的咖啡廳做作業，順便送她手工甜點。禮拜五晚上，他們會在許宣家的餐桌見面，不知道是不是他的錯覺，他總覺得小青瞪他的次數減少了（雖然嘆氣的次數增加了）。

「我今天寫了一首詩給妳。」

「為什麼？」

「我們現在在上詩選與習作，每個禮拜都要寫一首詩。許宣說我可以趁機寫一首詩給妳。」

隔了六分鐘，小青才回覆他。

「……好吧，既然你都寫了，那就傳來看看吧」

「鶯聲喚嬌柔，粉頰自含羞。縱曉傾城苦，佳人難再求。」

「我給你十五秒，把這詩收回去，不然我就又要封鎖你了，認真的」

「對不起，我錯了……。」

「今天你送的肉桂捲很好吃耶，在哪裡買的啊？」

「是我做的。」

「！」

「？」

「你也太厲害了吧！難道之前的都是你做的？」

「嗯？對啊。」

「應該滿多女生喜歡你的吧。」

「沒有啊，妳喜歡會煮菜的男生嗎？我可以每天都做給妳吃啊。」

「……剛剛那句又踩線了喔。」

「欸，為什麼？總之對不起，拜託不要封鎖我！」

不知不覺，她開始覺得跟法海聊天很有趣。雖然他還是常說一些讓人想封鎖的話，但他之後的慌亂很好笑，所以可以原諒。他選的話

題雖然很奇妙──像是拂塵平常在看的作品，最近在宿舍遇到的小妖鬼，還有最近在挑戰的食譜之類的──但也都很有趣，可以從中感受到他的努力，還有他滿滿的生命力。和她得過且過的生活態度完全不一樣，也讓她稍微感染了一點活力，開始覺得活在世上不那麼無聊了。

不過法海再也沒有提起喜歡她之類的話了，果然是她太兇了嗎？

「妳覺得他還喜歡我嗎？」她抱著米米窩在沙發上，吃他送的提拉米蘇，但她早就被法海收買的蛇，只顧著張嘴接住一切她落下的東西，一點心思都不分給她。

法海就好像會通靈一樣（雖然他應該真的會），恰好傳了一條訊息過來。

「端午節那一天妳有排班嗎？」

「我看一下」

「沒有喔，我放假。」

「太好了，我有東西想要給妳！早上我可以拿去妳家嗎？」

「好啊。」

法海用一個飄著愛心的蛇貼圖為對話劃上句號。

第一次看到送人禮物還這麼高興的人。她想著，過了一會兒又低頭問米米：「妳覺得法海會不會送我們雄黃酒呀？」

她的蛇疑惑地看著她，然後張嘴把她手上剩下的蛋糕都吞了。

90

端午節早上九點，法海準時按下了她家的門鈴。她開門，看見他難得穿著長袖長褲跟長靴，揹著後背包，手裡還提著一大袋東西。

「你這一大袋是甚麼？」

「粽子。」

「粽子？」

「我自己做的。」

她大概露出很微妙的表情，因為法海又臉紅起來，低頭盯著地板，小聲又快速地解釋：「小時候我媽都讓我幫她包粽子，結果後來她說我做的比較好，上高中之後就都叫我負責，反正我也要寄回去家裡，就想說一起做一點給妳……啊，還是妳不喜歡粽子？是嗎？還是妳已經買了飯店的？我可以拿回去，然後假裝甚麼都沒發生嗎？」

他又在語無倫次了，真是受不了。她總覺得法海在她面前就像是個小孩，只要超過三秒沒得到反應，就會大哭起來的那種，又煩又有點可愛的那種。

「我會吃啦，給我拿吧。謝謝你。」

他的臉更紅了，這個人真是很難相處耶。她想著，忍不住噗哧一笑：「你要不要進來坐坐？你等一下有事嗎？」

「有一點事，但也不是很大的事。」他的回答相當語焉不詳，但身體倒是很乾脆地挪進屋子裡。看到窩在沙發上的米米，還拿出一顆

91

相見恨晚

蛋給牠。心花怒放的蛇爬到了他身上，纏住他的腰。她搖頭嘆氣，想著法海一定是那種靠不住的爸爸。

「等一下，想甚麼啊我。」她重重地把粽子放在流理臺上，希望能以聲音嚇醒被迷惑的自己。

端午節果然是個壞日子。

她就這樣跟法海聊著，到中午的時候，她提議蒸兩顆粽子當午餐。雖然對方一臉不願意，但也沒有明確拒絕，只是在她按下電鍋開關時露出視死如歸的表情。

她蹙著眉，但很快地就知道了原因——在她用叉子切下粽子的一角時，一張紙的尖角也露了出來。

再怎麼說，不小心把紙包進粽子也太過分了吧？

她看向法海，而法海看向地上的米米，完全沒有解釋的意思。她重重地嘆氣，用叉子把紙從米糰中解救出來，在盤子上鋪平打開。

紙上赫然寫著「我喜歡妳」，因為可吐槽的地方實在太多，她一時不知道該如何反應。

做得到用法術保護這張紙，卻沒辦法普通地傳訊息告白，這法海怎麼會這麼傻啊。

她嘆氣，抬起視線去看對面的傻子。查覺到她的視線，法海也抬起頭來，不安地從她的臉看到她手上的紙，又觀察了一次她的表情，最後似乎自己做出了某種結論，定格在心死的表情。

幸好她現在知道，這不過是他對她的沒反應做出的反應，於是她乾脆地說了她的第一個想法：「你怎麼，怎麼會有人想要把告白的字條包在粽子裡啊！又不是月餅！」

「因為我怕妳又封鎖我嘛！」意外地，這次法海的音量很大。他滿臉通紅地做著拙劣的辯解，又附上一句：「我本來沒有計畫在這裡跟妳一起吃粽子的啊！」

「那你本來要去幹嘛？」

「我本來要去山裡採藥草跟裝午時水。」

她抬頭看掛鐘，說：「現在都十二點了啊。好吧，吃快一點吧，不然等一下就要過時辰了。」

「欸？」

「就一起去吧？你告白了不是嗎？男朋友。」

她看著又臉紅起來，還手忙腳亂把叉子掉在米米身上的法海，覺得她好像也有點理解，姐姐為什麼那麼熱衷談戀愛了。

93

國家圖書館出版品預行編目資料

相見恨晚 / 765334、曼殊、葉櫻　合著. ─初版.─
　臺中市：天空數位圖書　2021.08
　　面：14.8*21 公分
　　ISBN：978-986-5575-53-3（平裝）

863.57　　　　　　　　　　　　　　110013581

書　　　　名：相見恨晚
發　行　人：蔡秀美
出　版　者：天空數位圖書有限公司
作　　　者：765334、曼殊、葉櫻
編　　　審：此木有限公司
製 作 公 司：奧思製作所有限公司
美 工 設 計：設計組
版 面 編 輯：採編組
出 版 日 期：2021 年 08 月（初版）
銀 行 名 稱：合作金庫銀行南台中分行
銀 行 帳 戶：天空數位圖書有限公司
銀 行 帳 號：006-1070717811498
郵 政 帳 戶：天空數位圖書有限公司
劃 撥 帳 號：22670142
定　　　價：新台幣 230 元整

電子書發明專利第　I　306564　號

紙本書編輯印刷：
電子書編輯製作：
天空數位圖書公司　E-mail：familysky@familysky.com.tw　http://www.familysky.com.tw/
地址：40255台中市南區忠明南路787號30F國王大樓　Tel：04-22623893　Fax：04-22623863